AF308987

1er Fascicule.   Avril

LE
POÈME

Publication Mensuelle

AMOUR IDÉAL

PARIS

MAURICE DREYFOUS, ÉDITEUR

13, RUE DU FAUBOURG-MONTMARTRE, 13

1889

« LE POÈME »

Cette publication a pour objet de donner, chaque mois, un poème inédit. Son but n'est pas de plaire au au plus grand nombre, mais de satisfaire aux exigences littéraires d'une élite.

Je tente une épreuve difficile ; j'entreprends une lourde tâche, lourde surtout parce qu'il me faut porter le poids d'un orgueil obligatoire. Au milieu du fracas de la mêlée humaine où tous les égoïsmes se confondent en un heurt furieux de combat, soldat dédaigneux de ma faiblesse et fort de mon courage, j'embouche la trompette à sonner l'idéal. S'il est des échos, qu'ils vibrent ; s'il est des voix amies, qu'elles répondent.

EXILÉS, nous parlerons de la patrie absente ; en des chants de gloire ou de tristesse, nous attesterons la vitalité de nos âmes ; et, guidés par nos aspirations divines, nous goûterons l'immense joie de marcher vers la réalisation de nous-mêmes.

25 Mars 1889

V. B.

AMOUR IDÉAL

Tirage à 500 exemplaires numérotés

N° 

VICTOR BARRUCAND

AMOUR IDÉAL

POÈME

EN VINGT-QUATRE SONNETS

MDCCCLXXXIX

A

STÉPHANE MALLARMÉ

AU

POÈTE

DE L'AZUR ET DES FLEURS

CE LIVRE EST DÉDIÉ

V. B.

SONNET LIMINAIRE

Harmonieux charmeur fils de la Muse, Orphée,
Platon, génie à qui le ciel fit des aveux,
Dante, Pétrarque, amant de Laure aux blonds cheveux,
Votre voix par le temps ne fut pas étouffée.

Celle que vous chantiez, la séduisante fée,
La Beauté, toujours vive, inspire vos neveux ;
Vers son front sidéral volent encor nos vœux ;
Votre luth frémissant n'est pas un vain trophée.

Malgré l'impiété d'un siècle sans remords,
Nous avons conservé le culte des Dieux morts,
Et nous croyons au Rêve : Ange, Femme ou Statue.

Si d'autres, en leur cœur, ont tué l'Idéal,
Nous voulons que ce soit l'Idéal qui nous tue,
Car nous pourrons, du moins, adorer notre mal.

I

TOI

Depuis que, dans tes yeux, mes regards ont su lire
Ton âme reflétée, ainsi qu'en un miroir,
En moi l'amour est né, douloureux, sans espoir,
Brûlant comme une fièvre et fou comme un délire.

Je t'aime. C'est un but. Si chacun doit élire,
En soi, quelque chimère et s'en faire un devoir,
J'accepte ma souffrance, et je suis fier d'avoir
Ce transport séraphique à chanter sur ma lyre.

Je devrais t'admirer, silencieux et tel
Qu'un prêtre agenouillé devant le maître autel,
Mais, pour te mieux louer, à ma ferveur pardonne

D'élever, à ta gloire, un poème sculpté
Comme une châsse d'or faite pour la Madone :
Je veux éterniser la fleur de ta beauté.

II

SUGGESTION

Ce n'est pas à l'éclat triomphant de l'aurore,
A la rose sanglante, au lys immaculé,
Que j'irai demander le symbole voilé
Qui, dans l'esprit voyant, te ferait vivre encore.

Je n'obtiendrais ainsi qu'un reflet incolore,
Auprès du clair soleil que tu m'as révélé.
Non, pour dire ta voix dont l'accent m'a troublé,
Je ne parlerai pas d'un chant doux et sonore;

Mais je rappellerai comment, devant la mer,
Devant la nuit sublime, après le jour amer,
Et devant toi, mon cœur goûta la même extase.

Alors, on te verra dans le sentiment pur,
Dans la Forme soustraite au Réel qui l'écrase,
Plus loin que le regard et plus haut que l'azur.

III

ARCHÉTYPE

En quelle Sphère, en quelle Idée, était l'exemple
Qui pouvait t'inspirer, Nature, o grand sculpteur,
Pour élever l'argile humaine à la hauteur
De ce rêve divin qu'en Elle je contemple?

On dirait que l'Esprit, trop vague en sa forme ample,
N'a jeté sur ce front une telle splendeur,
Que pour se refléter dans une autre grandeur,
Et s'admirer vivant et réel en un temple.

Il se cherchait lui-même, en mille Œuvres divers,
A travers tous les temps et tous les Univers,
S'affirmant dans l'Amour, la Force et le Génie;

Mais lorsqu'il eut créé la parfaite Beauté,
Il vit qu'elle exprimait sa nature infinie,
Encor mieux que l'Espace et que l'Eternité.

IV

REMÈDE

Pouvons-nous triompher du long ennui de vivre
Qui nous ronge le cœur, ainsi qu'un vieux remord ?
Pouvons étouffer le doute qui nous mord,
Quand nous avons tous lu : la Nature et le Livre ?

Pouvons-nous assurer le fier combat que livre,
En nous, l'espoir vivace à la peur de la Mort ?
Pouvons-nous espérer, vils esclaves du Sort,
Une autre liberté qu'un trépas qui délivre ?

Pouvons-nous demander à l'exil un séjour
Où l'on oublie, au soir, les fatigues du jour ?
— Non, si notre esprit faible est ivre de matière ;

Oui, si l'amour du Beau nous est toujours plus cher,
Si nous lui consacrons notre existence entière,
Oui, si l'extase nous affranchit de la chair.

V

AUBE

Je me souviens d'avoir vécu ce triste songe
D'un passé ténébreux que tu n'éclairais pas ;
Mes yeux se sont ouverts, lorsque tu les frappas
De ta beauté qui met en fuite le mensonge.

Mais avant, que de nuit ! Dans ce gouffre où je plonge,
Il me semble frôler des hideurs de trépas.
O les erreurs, le mal : poussière de mes pas !
O le cœur imbibé de fiel, comme une éponge !

Poussé par le désir vers les remords futurs,
Je heurtais sans espoir mon front aux sombres murs
De l'ennui, ce cachot dont le vice est l'issue.

Mais l'amour qui me blesse est venu me guérir ;
Et ma foi le suivra, sans peur d'être déçue,
Dans l'idéale sphère où l'âme doit fleurir.

— 21 —

VI

VISIONS

Que de fois, seul, je pense, en ma longue insomnie,
Aux diverses beautés qui composent ton corps,
Que de fois, je savoure, en secret, les accords
De ce vivant poème enivrant d'harmonie !

Mon cœur souffre d'amour une lente agonie.
Les yeux mi-clos, pâmés, je contemple les ors,
Les ombres, les pâleurs, de tous ces chers trésors
Qui jettent dans mes sens une ardeur infinie.

Tu me pardonneras de tels pensers pervers,
Car si la passion brûle encore dans mes vers,
Si mes transports trop vils blessent ton âme altière,

Si mon vouloir charnel t'épouvante et me nuit,
Tu sais bien qu'il suffit de la chaste lumière
De tes yeux, pour chasser tous ces oiseaux de nuit.

STELLA

Je cherchais la Science et je trouvai le Doute.
Quand il n'est plus de but qu'importe le chemin ?
Un instant égarée, en songeant à demain,
La raison m'a dit : « Va, par l'une ou l'autre route,

« Par le bien ou le mal, emporte la déroute
« De ton espoir céleste et de ton rêve humain.
« La vie est une coupe, aujourd'hui dans ta main,
« Avant de la briser, il faut l'épuiser toute. »

Et pour donner le change à mon désir de ciel,
J'ai bu la coupe, amère en dépit de son miel,
Et l'ivresse est montée en mes yeux comme un voile.

Lourde nuit ! Mais tu viens, et l'espoir m'est rendu.
Je crois en ta beauté, Femme, Lumière, Étoile,
Pour guider mon exil au paradis perdu.

VIII.

REFUGE

C'est dans le sanctuaire intime de mon âme
Que ton amour habite, ainsi qu'au reposoir
L'hostie est au milieu du soleil-ostensoir ;
C'est dans cette chapelle, où nulle voix infâme

Ne se mêle au concert glorieux qui t'acclame,
Que je vais méditer et prier, chaque soir;
C'est dans ce lieu de paix où, pur feu d'encensoir,
Brûlent mes sourds désirs étouffés dans leur flamme.

Quand le jour m'a courbé sous un joug puéril,
Quand mon natif orgueil agonise, en péril,
Je redeviens moi-même au seuil de ta pensée.

Que ne puis-je toujours m'oublier, vivre en toi,
Refuge intérieur de ma vigueur lassée,
Qui m'as rendu la force en me donnant la foi !

IX

VÉRITÉ

Si tu voyais ma vie avec les yeux des autres,
Tu la condamnerais pour ses côtés mesquins.
— Car il faut se masquer parmi les Arlequins,
Et porter leurs couleurs qui ne sont pas les nôtres. —

Tu me dirais : « Pourquoi l'erreur où tu te vautres,
« Buveur d'azur, pareil aux vulgaires faquins ?
« Pharisien, tu vaux moins que ces publicains,
« Et ta place est marquée entre les faux apôtres. »

Par bonheur, ton esprit, qui s'éclaire d'amour,
Méprise l'apparence et vole droit au jour;
Tu sais faire la part du noble et de l'infâme,

Sans mesurer ma force au but que je poursuis ;
Car, étant la pensée intime de mon âme,
Toi seule me connais vraiment, comme je suis.

X

RÉMINISCENCE

Où t'avais-je connue avant notre naissance ?
Où, dans quels soleils morts, dans quels temps révolus,
Sous quel nom, dans quel ciel, et parmi quels élus,
Vivions-nous absorbés dans une même essence ?

En te voyant, ce fut une reconnaissance,
Et je sentis monter, en moi, comme un reflux,
Le tumultueux flot des désirs non voulus,
Qui dans la sympathie avaient pris leur puissance.

Bien souvent mes chemins et mes jours sont mauvais.
Je ne sais d'où je viens et j'ignore où je vais.
Le sort m'accable ; en vain, je voudrais m'y soustraire.

Mais, prêt à retomber dans l'inconnu béant,
Cela m'a consolé de me savoir ton frère,
Et j'ai bu dans tes yeux l'orgueil de mon néant.

XI

EXIL

« Partez », me disais-tu, « puisque tout nous sépare,
« Puisqu'à nos cœurs aimants la suprême douceur
« Est interdite. Il faut que je sois votre sœur,
« Et rien de plus. Ami, notre monde est bizarre,

« Il ne comprendrait pas le titre dont se pare
« Votre affection chaste, et, dans votre ferveur,
« Il chercherait un sens moins pur et moins rêveur.
« Allez, en emportant mon cœur, comme un avare. »

Alors, sans discuter mon destin hasardeux,
Je suis parti, mettant la mer entre nous deux,
J'ai vu d'autres pays, d'autres cieux, d'autres femmes,

Mais, dans mes plus beaux jours, les feux du souvenir
Étaient comme un soleil éclipsant toutes flammes :
Je pensais à la mort qui doit nous réunir.

XII

RÉVOLTE

Non, je n'aurais pas dû lâchement me soumettre ;
J'aurais dû rasssurer ses scrupules d'enfant ;
Lui dire : « Tu le veux, mais Amour le défend,
« Et n'es-tu pas aussi l'esclave de mon maître ?

« Comment partir ? Ici, je laisse tout mon être.
« Quand la flèche est entrée au flanc du jeune faon,
« C'est en vain qu'il fuirait le chasseur triomphant :
Il emporte, avec lui, la mort qui le pénètre. »

Un geste, une prière, et j'eusse été compris :
« Le monde que tu crains n'a droit qu'à ton mépris...
« L'absence est un exil trop cruel et trop sombre...

« Astre, ne voile pas ton front qui resplendit ;
« Je veux vivre à ton jour et mourir dans ton **ombre...** »
— Il ne fallait qu'un mot et je ne l'ai pas dit.

XIII

HÉROÏSME

Et je ne l'ai pas dit. C'était ma destinée.
Un pouvoir invincible a vaincu ma douleur;
J'ai bu, sans frisonner, la coupe du malheur,
Car j'avais pour soutien l'espérance obstinée.

J'ai compris que la vie était une journée
D'épreuve, où l'on pouvait venir comme un voleur,
Mais dont le prix ravi n'avait pas de valeur:
Car la fleur qu'on arrache est trop vite fanée.

Si je n'avais aimé que d'assez faible amour
Pour croire mon départ, désormais, sans retour,
Peut-être eus-je imploré quelques heures encore ;

Mais j'avais l'assurance, au cœur, de la revoir ;
Je savais que ma nuit conduisait à l'aurore ;
Et j'ai sacrifié le présent à l'espoir.

XIV

RÊVERIE

J'ai dirigé mes pas, au hasard de la grève,
N'ayant pour compagnon que ta pensée au cœur.
Je voulais être seul, car un propos moqueur
Aurait pu, dans son vol, effaroucher mon rêve.

Et j'ai marché longtemps, mais sans trouver de trêve
Au mal dont me torture Amour, ce dur vainqueur;
Pourtant mon grand tourment n'avait pas de rancœur,
Et la vie à souffrir ainsi m'eût été brève.

J'ai pris pour confidents le nuage et le vent;
J'ai, du doigt, sur le sable, écrit ton nom, souvent;
Je l'ai dit aux échos, pour en doubler les charmes;

Puis, je me suis assis en regardant les flots;
Et dans mes yeux brûlants coulaient de douces larmes;
Et la brise du large emportait mes sanglots.

XV

ÉVOCATION

C'était l'heure où la terre assoupie et brûlante
S'éveillait dans la brise après un jour d'été.
L'ombre flottait légère. Un lambeau de clarté
Frangeait l'azur éteint d'une lueur sanglante.

A force de penser à toi, l'âme dolente,
J'imposai ton image à la réalité,
Et, docile, tu vins t'asseoir à mon côté.
C'était l'heure où le sol respire avec la plante.

Alors nous étions seuls dans un jardi fleuri ;
De tous les maux soufferts, je me croyais guéri ;
Tu parlais, et, ravi, je buvais tes paroles,

Car ma tête avait pris ton sein pour reposoir,
Pendant que, la fraîcheur entr'ouvrant les corolles,
L'arôme des rosiers montait dans l'air du soir.

FAIBLESSE

J'avais trop présumé de mon pauvre courage,
En acceptant l'exil terrestre, avec orgueil.
Qu'ils sont lourds à porter, les vêtements de deuil !
Et qu'on est bientôt las de poursuivre un mirage !

Dans le gouffre du bleu mon cœur a fait naufrage.
L'absence m'a brisé, comme un flot sur l'écueil ;
Il me faut revenir mendier, vers ton seuil,
Un rayon de tes yeux, pour dissiper l'orage.

Car, loin de ta beauté, le doute m'a repris ;
Je ne crois au divin qu'à l'heure où tu souris.
Tu le vois, je suis faible et ma bouche blasphème.

Si tu gardes encor pour moi quelque amitié,
Ne me repousse pas en ce péril extrême :
A l'indigne d'amour, accorde ta pitié.

XVII

PRÉSAGE

Dans le recueillement de ma nuit solitaire,
J'entends dialoguer deux voix : l'âme et le corps
Et je cherche à comprendre, en ces échos discords,
Ce que répond le Ciel à ce que dit la Terre.

Jusque dans le sommeil, ces voix, loin de se taire,
Vibrent comme les sons des lyres et des cors,
Quand la forêt du rêve, aux merveilleux décors,
S'emplit des visions étranges du mystère.

Or, hier, au milieu des pays fabuleux
Où m'avait emporté l'essor des songes bleus,
Ces mots pleins d'inconnu vinrent troubler mon somme :

« Pleure et console-toi. Le but s'est rapproché.
« Noble sœur, pour nous suivre, il faut tuer cet homme... »
Et je vis s'envoler le papillon *Psyché*.

XVIII

GLAIVES

J'ai revu ta maison fermée, un soir d'automne,
Fermée, hélas ! depuis le départ du cercueil ;
Les arbres dépouillés semblaient porter ton deuil ;
Dans les branches, le vent sanglotait, monotone.

Fou craintif, épiant s'il ne venait personne,
J'ai heurté la fenêtre et j'ai baisé le seuil
De la calme retraite où tu me fis accueil ;
— O souvenirs d'amour dont mon cœur s'empoisonne !

J'ai revu tes parents. — En un propos banal,
J'ai montré des regrets polis... Cela fait mal. —
Ils m'ont dit : « A vingt ans, elle avait tant de charmes...

Le Seigneur pouvait bien nous prendre nous, les vieux... »
Devant cette douleur, j'ai refoulé mes larmes :
Je n'avais pas le droit de pleurer avec eux.

ESSOR

Le sommeil de la terre a terni sa prunelle ;
Un soir elle a quitté son vêtement de chair ;
— Laissez-moi caresser un rêve qui m'est cher ; —
Ses yeux se sont ouverts à la vie éternelle.

Seule, tu comprendras ma douleur fraternelle,
Mère, si tu connus le désespoir amer,
Et le regret des morts, plus profond que la mer,
Si tu vécus d'un fils, comme j'ai vécu d'elle.

Je crois au sentiment plus vrai que la raison.
La chrysalide obscure a brisé sa prison ;
Au-dessus des brouillards de l'humaine vallée,

Vers des sommets plus hauts à nos sens interdits,
Vivante, belle et nue, elle s'est envolée,
Ame aux ailes de feu promise au paradis.

XX

DUELLUM

Tutta la mia fiorita, e verde etade
Passava; . . . .
PETRARCA.

Ma jeunesse passait, comme une fleur qui tombe,
Lentement effeuillée aux souffles caressants;
J'avais gravi le mont aux pénibles versants,
Qui, parti du néant, redescend vers la tombe;

Mon désir faiblissait comme un vol de colombe
Dont l'aile s'est lassée en efforts impuissants.
Alors, mon adorée entendit mes accents;
Quand le cœur s'attendrit, toute rigueur succombe:

Et je rêvais cette heure où, dans la paix du soir,
Les amants enlacés vont rêver et s'asseoir,
En se contant le mal dont leur âme est ravie.

Mais la Mort, en secret, jalousant mon émoi,
Pour me disputer l'être auquel tendait ma vie,
Au milieu du chemin, se dressa devant moi.

PRIMAVERA

Zefiro torna e'l bel tempo rimena
. . . .
Petraca

Zéphyr que les autans avaient chassé, ramène
Avec lui la lumière et les parfums bannis ;
Le jour s'égaye encor de la chanson des nids ;
Et Philomèle en pleurs charme la nuit sereine.

Les ruisseaux délivrés ont repris leur domaine ;
La terre ouvre ses flancs aux soleils rajeunis ;
La volupté des soirs et les vœux infinis
Font soupirer l'amour dans la poitrine humaine.

Fillettes, parez-vous des plus fraîches couleurs ;
Chantez, oiseaux ; près verts, couronnez-vous de fleurs :
En moi, c'est le désert aride et le silence.

La tristesse est au fond de mon regard voilé ;
Mon cœur s'est pour toujours fermé sur sa souffrance ;
Et mon amie, au ciel, en emporta la clé.

XXII

SECRET

« Mort, dis-moi ton secret ; Mort, dis-moi ton mystère.
« Soulève le manteau qui cache tes appas ;
« Montre-moi ta laideur ou tes charmes, Trépas,
« La frayeur de tes coups ne me fera point taire.

« J'obtiendrai tes aveux, quand je devrais, sous terre,
« T'aller ravir le mot que tu ne livres pas ;
« Je serai, s'il le faut, l'espion de tes pas ;
« Je te démasquerai, grand spectre solitaire.

« Alors, je connaîtrai ton ténébreux dessein ;
« Pourquoi tu nous endors, tour à tour, sur ton sein ;
« Ce que tu fais de nous et pourquoi tu nous gardes.

« Es-tu la nuit suprême ou le suprême Jour ?
« Parle, je n'ai pas peur, bien que tu me regardes... »
— Et la Mort répondit : « Je suis l'immense Amour »

XXIII

PERSÉVÉRANCE

O voix intérieure, o douce voix qui chante,
O puissant reconfort de ma faible vertu,
Tu relèves d'espoir mon courage abattu ;
J'oublie, en t'écoutant, que la vie est méchante.

O voix de mon amie, o musique touchante,
Sens ineffable et cher de mystère vêtu,
Dans ton parler muet, maintenant, que dis-tu ?
Je voudrais exprimer ton verbe qui m'enchante.

— Alors je lus ces mots dans mon esprit bercé
« Si, tenté quelque jour d'oublier ton passé,
« Le rire affreux du Mal et sa grimace torse

« T'excitaient à railler le Bien ou la Beauté,
« Puise dans ta douleur une secrète force,
« Et garde ton cœur pur de toute lâcheté. »

XXIV

APOTHÉOSE

Bientôt viendra le temps où la Vierge-Epousée
S'endormira pamée au bras de son amant.
Après les jours d'épreuve, après l'âpre tourment,
Ils goûteront la paix de l'âme reposée.

La Vérité luira, douce flamme irisée,
Dans leurs yeux. Ils verront, loin du monde qui ment,
— Car l'éternité manque à la foi du serment, —
Renaître leur bonheur de sa tige brisée.

Eux les vaincus d'hier, les pauvres, les bannis,
Ils auront le pouvoir divin des infinis;
Libres de leurs liens et lavés de leurs fanges,

Ils vivront, oublieux de la haine et du mal,
Parmi les purs Esprits, dans le concert des Anges,
Ravis par les baisers de l'Amour idéal.

TABLE

CE LIVRE

A ÉTÉ ACHEVÉ D'IMPRIMER

Le 30 Mars 1889

SUR LES PRESSES DE PAIRAULT ET Cie

A PARIS